죽은 새를 먹다

이시유 시집

죽은 새를 먹다

달아실 시선
36

달아실

일러두기

1. 본문에서 하단의 〉는 '단락 공백 기호'로 다음 쪽에서 한 연이 새로 시작
   한다는 표시이다.
2. 보조 용언과 합성 명사의 띄어쓰기 등 본문의 맞춤법은 시인의 의도에
   따른 것임.

시인의 말

볼 수 없는 것(영혼)에 기어이 문자를 입혀 나는 그대의 앞까지
오고 말았다.

이 종이를 찢고 책을 태운다 해도 내 영혼은 그곳에 있다 하니,
변할 수 없는 것을 변하는 것 안에 담으려 한다.
영원한 것을 찰나의 그릇에 담으려 한다.

인간의 생이란 늘 그렇게 妙함 투성이

그러나 그 모순을 사랑한다.

어긋난 박자는 춤이 된다.

2020년 겨울

이시유

차례

죽은 새를 먹다

1부

극악무도 발랄 태생

내 안
극악무도한 발랄함이 있다는 걸
깨달았습니다

망치로 백 번 내리쳐도
탕탕
원기회복

"반짝반짝 작은 별"
노래를 부르는
여유가 있었습니다

어떠한 黑으로도
물들일 수 없는
무극의 채도

심연 속에서도 빛을 캐내는
극악무도
〉

타오르는 불꽃
보았습니다

죽은 새를 먹다

죽은 새를 먹었다 일그러져 있었다 너의 날개는 어디 있니 네가 날았던 하늘은… 어디 있니 수저로 그의 백골 찌르며 일어나 일어나 그를 두드렸지만 그는… 움직이지 않았다. 비상하는 것만이 생 아니요 네게 먹혀 살이 되는 것도 비상하는 방식이나니… 끝끝내 그는 어떤 미동도 허락지 않았다 긴 긴 속눈썹 눈을 감은 채 노래를 부르고 있었다 들리지 않아도 들리는 그의 노래 나를 흔들고 있었다 죽은 그가 산 나를… 흔들고 있었다 접시 속 그… 날고 있었다.

갈 때까지 가보세요

갈 때까지 가보세요
鬼 들릴 때까지 가보세요
꽃 필지 천둥 올지 모르지만
알게 뭐람, 한번 가보세요

가보자 하는 자의 두 발은 무쇠를 이끌지만
아이처럼 가볍다 하니

아아 가보세요
하늘을 건너 별들을 건너
당신의 끝, 그곳으로 가보세요

우주의 자락보다 붉다 하는
그곳으로 가보세요

퀴즈 탐험 신비의 세계에 출연하고 싶다

퀴즈 탐험 신비의 세계에 출연하고 싶다
거기서 한국의 포유류 편에 나가고 싶다
이것은 표범… 이 아니라
시유, 라는 명칭의 암컷
그 삶의 구원과 번뇌요, 광고를 뿌리고 싶다

낮에는 돈을 벌기 위해 빌딩 속, 금과 은 벽돌을 쌓으며
밤이 되면 어미요 나의 어미요
구원을 부르짖는 한 마리의 생계형 짐승
공전의 주기 섬세하여
한 살 한 살 나무처럼 자라나는 푸른 잎의 생명체

괴물이라고도 부처라고도 명명하기 미묘하여
인간이라는 자락을 새겨 넣은
푸른 잎의 태생이요, 내레이션 흐르게 하고 싶다

이 존재가 과연 답을 찾겠소?
방청객에게 질문하면 알 게 뭐야 걷어차고 싶다
방영하든 말든

엿 드셔요
달려가고 싶다

백발을 풀다

잠깐 좀 머리를 흔들어봐
사자의 갈퀴라고
바람을 좀 실감해봐
바람에 흔들리는 수백 개의 뼈대들 차랑차랑
우주를 흔든다고 생각해봐

천사의 깃털 네 머리칼 속
폭풍을 타고 춤춘다고 생각해봐

샤갈 샤갈 샤갈의 바람
네 안에서 흔들리고
고흐의 별들 네 잇속에서
카랑카랑 빛나고 있다고 상상해봐

육체의 더러움 포함하여
너는 안하무인
아리땁고 푸른 인디언의 핏줄
봐, 봐, 봐 나를 봐!
고막을 찢는다고 상상해봐
〉

여기서 저기로 이어진 선들
우수수 터지며 경계를 부순다고 상상해봐
타파하는 첫 번째 인물
바로 너라고 상상해봐!

오늘만큼은 부디,
그 머리를 풀어봐

여기는 누구인지
저기는 또 누구인지

네 짐승을 풀어봐
네 백발을 풀어봐

달의 S에게

*

… 달은 쾌청하오? 지구는 늘 유쾌하오. 나는 지구에서 행복하게 잘 살고 있소.

*

… 그때는 슬프지도 행복하지도 않았지만, 지금은 참으로 슬프고, 참으로 행복하오. 모순이오? 아니, 당신이 말했던 것처럼 슬픔을 알았기에 행복 또한 알아가는 중이오.

*

… 보고 싶다는 말 따윈 하지 않겠소. 그러나 가끔 지구에 몰래 놀러 온다든지. 연戀의 실을 사락 내린다든지 하는 건 환영이오. 이번엔 내 행복으로 당신을, 가득 채워주겠소. (노력하겠소.) 부디, 그대 다시 만나는 날까지 행복하시오. 뭉클하시오. 싫어한다던 닭은 포장해서 그곳으로 퀵, 보내겠소.

〉

ps. 답장은 하든 말든 상관은 없지만 하는 편 긴 긴 생 살아가는 데 이득일 거요. 왜냐하면 난 좀 못되기는 했지 만 사랑 주면 한가득 돌려주는 사람이거든. 백 배 천 배 변신하는 사람이거든. 변신한 그 모습 보고 싶어 당신 이 미, 두근두근하고 있을 거거든.

코스모스

당신과 맞은 봄 눈부셔
나는 전생의 일 모두 그곳에 놓고 왔네

전생은 아득하여 우리를 갈라놓고는 했지만
그럼에도 우리는 다시 만나 봄을 걷고 있네

전생 같은 건, 믿지 않아요
당신은 환하게 웃으며 말하였고
그 말 또한 틀리지 않다 생각했네

중요한 건 지금 봄이 흐르는 지금,

괜찮네, 당신과 함께라면 어느 생의 이름도 온화롭네

우주가 있다면 우주의 이름으로
코스모스 있다면 코스모스의 이름으로

당신과 내가 여기 있다 하네
〉

피고 있다 하네

고양이 행성

곤방와 こんばんは
라고 나는 말했다
결코 그것은
내가 일본의 고양이기 때문은 아니었다

곤, 방와 라고
발음하는 틈새
방, 와
방, 긋 피는 햇살의 봄

그러한 내가
안녕하세요
라고 말하는 한국의 고양이를 만났을 때
안, 녕하세요 라고 속삭이는 햇살을 만났을 때
어떠한 두근거림
이질적인 봄의 내음

그럼에도 고양이의 핏물
고양이의 행성을 느꼈던 것은

차라리 본능에 가까운 회귀

다를까옹?
같을까옹?

너와 나는,
너와 나의 눈동자는,

고민하는 사이 봄은 부질없이 지나가리

차라리 이 벚꽃 이 호사 함께 누릴 수 있다면

너는 곤방와
나는 안녕하세요
인사를 시작했다

다른 일본어
모르는 한국어
서툰 고양이語
〉

갸르릉, 아아 그래

사랑하자, 고
봄과 봄은 다르지 않다고

지구별의 한낮 따사로운 낮잠일 뿐이라고

침묵 속에서 춤사위 끌어내고

걱정 마 나 지금 태어나는 중이다, 사이다의 기포 끓어 오르듯 무지개의 색깔 터져 오르듯 발아하는 중이다, 어둠과 벌레 나의 주식이요 초록과 애정 또한 빛나는 양식이니, 가리지 않고 먹는 중이다, 침묵 속에서 춤사위 끌어내고 빛을 발견하는 중이다, 두 손을 마주 잡고 올렸던 기도들 바글바글, 태양처럼 발아하는 중이다, 걱정 마 나 지금 태어나는 중이다 빛, 차오르는 중이다.

사뿐거리는 것은 꽃잎이 아니라 극진함이오니

극진함에 닿고 싶어

배가 고프면 배가 고파 앙앙 울고 싶어

순백의 기쁨 앞엔 순백의 라일락

웃음 짓고 싶어 물을 마시고 싶어

고독은 희고 고와, 빛나는 갈고리 하나 입에 물고 싶어

사뿐사뿐 별빛을 걸으며 모든 극진함에 발랄함에

꽃 하나 땅 하나 대접하고 싶어

고요한 그릇 속 목숨 하나 꽃잎처럼 담아 내드리고 싶어

사뿐 사뿐 극진함에

발랄함에

만국기 스텝

다음 페이지로 갈래 다음 스텝으로 갈래
그러니까, 나 도와줘야 해
나 사실은 강하고 약한 사람이거든
섬세한 별들의 호흡에도 가슴 떨리고
천 개의 깃발 나부끼며 흩날리는 사람이거든
천 개의 모습 천 개의 노래
그러나 단 하나의 영혼

우주에서 민들레, 민들레에서 북두칠성
다 응원해줘야 해
나, 절망의 뼈마디 씹으며 여기까지 온 사람이거든
자라날수록 빛나는 별 터지는 존재이거든
나를 택한 당신, 후회는 없을 거거든

다음 페이지로 갈래 그러니까 알아서
예뻐해줘야 해
펄럭이는 만국기 봄과 빛 다, 다 준비해줘야 해

2부

소년

　당신 안에도 작은 소년이 있냐고 묻고 싶었다, 순수하고 투명하여 후, 불면 차라리 토옥 토옥 나팔꽃 피어날 것 같은 소년이 있냐고 묻고 싶었다, 삶의 구도를 깨치기 전 또르륵 또르륵 맑은 눈동자로 세계를 바라보며 바람 속을 거닐던 소년이 있냐고 묻고 싶었다, 노리개나 슬픔, 절망이나 독사, 하이힐과 극약 그런 것 아니라 다만 토옥 토옥 나팔꽃을 머금고 있는 소년이 있냐고 묻고 싶었다, 세계를 사랑하는 소년이 있냐고… 묻고 싶었다

암사자와 봄나무 작은 굿판을 벌이다

집에 가는 길 폴짝폴짝 뛰어요 개구리와 용수철 암사자와 봄나무를 합쳐놓은 기분이랄까? 새하얀 육신이 하늘을 유영하는 기분이랄까? 내 안의 본성이 솟구쳤다 노래했다 점프했다 작은 굿판을 벌이는 기분이랄까? 콘크리트 자갈을 벗고 엄마의 품으로 달려가고 싶은 기분이랄까? 랄-라 룰-루 몽몽 의태어 의성어 다 꼼지락거리고 싶은 기분이랄까? 살아가는 길 가끔 폴짝폴짝 뛰어요 모든 이름들 허물들 벗고 폴짝폴짝 뛰어요 반짝반짝 놀아요

찔리다

컴퓨터로 신神이란 단어를 치는데
신信이라 잘못 변환이 됐다

코스모스 피기로 한 자리
붉은 라일락 피어난 듯한,
다른 우주 이름 모를 행성에 불시착한 듯한,
신神이란 단어 안에 진정한 신信이 있느냐?
되레 물음을 당한 듯한,

신神 속에 신 흐르느냐?
날카로운 빛의 조각
허를 찔린 듯한,

밤이 오면

　… 이윽고 흥겹던 노래들도 잦아들고 빛나던 별들도 잠 잠해지며 찬란하던 파도들도 잠들기 시작한다, 남는 건 오직 나는 누구인가 하는 스스로를 향한 질문뿐, 그곳엔 어미도 없고 아비도 없으며 절절하던 님조차 없다, 오직 자신을 향한 지독한 질문 하나가 새파랗게 눈을 치켜들 고 으르렁거리고 있을 뿐, 보일 듯 말 듯 한 바람 하나가 스쳐간다 툭, 가느다란 상처 이마에 새겨지고, 푸르고 지 독한 청량감 하나와 갈증 한 마리가 으르렁거리며 춤을 춘다 칼을 문다, 아무도 대답해줄 수 없다 오직… 그곳의 주인, 자신이다 그곳의 답… 자신이다.

즐거운 광기를 사랑하는 사람 오세요

　오세요, 즐거운 광기를 사랑하는 사람은 오세요, 두드리고 부수고 파괴하여 태어나는 알卵의 세계, 계란 후라이 눈물 흘리며 먹어본 적 있는 사람은 오세요

　고흐의 해바라기 활활 타오르는 아몬드의 나무, 별이 흐르는 밤 태어나고 싶다 태어나고 싶다, 두드려본 적 있는 사람은 오세요

　사막의 눈부신 별들 아래 스러질 수 있다면 한 번쯤 두 번쯤 백 번쯤 생각해본 적 있는 사람은 오세요

　흙과 똥 오물과 동급인 육체, 당신을 위해 평생 웃고 우는 그 육체 고맙소, 고맙소 눈물을 흘려본 적 있는 사람은 오세요

　추하고 새까맣고 절절하여 아리따운 우리들의 생, 무릎을 꿇고 지려본 적 있는 사람은 오세요

　봄의 호흡 맑다! 맑다! 침팬지처럼 천진난만한 키스, 입

술과 항문을 넘어 심장을 불태우는 키스

오세요 즐거운 광기를 사랑하는 사람은 오세요

당신을 안고 오세요

자작나무 숲 자라나

등에서 자작나무 숲이 자라나

늘 숲을 찾았지만
달팽이의 촉수를 두 눈에 심고
착하게
착하게
지구를 바라보고 싶다고

유일한 소망 그것이라고
하얀 천을
하얀 천을
하늘에 뿌렸지만

등에서 자작나무 숲이 자라나

달팽이의 촉수를 심장에 심고
느릿 느릿
바람을, 그늘을, 당신을
사랑하고 싶었지만
〉

자작나무 숲이 자라나

등에서 푸르른 숨이 태어나

간

큰일 났어
생각해보니
나 엄마 배 속에서 충동적으로 뛰쳐나온 거였어

까짓것, 태어나볼까? 인생, 뭐 별거 있어?
밥 먹고 똥 싸고 검은 머리 파뿌리 될 때까지
꽃밭 똥밭 뒹굴다 오면 되는 거 아니겠어?
교미만발 능동태의 가련과 수동태의 발톱
뛰놀다 오면 되는 거 아니겠어?

소금물도 얼마나 짠지 간을 본다는데
나, 간도 안 보고 태어나버렸어
인간, 되어버렸어

큰일 났어
이렇게 뜨거울지 몰랐어

생, 사랑하게 될지 몰랐어

黑에게

고마워 당신이 날 키워냈어, 독을 주입하고 토사를 쥐어주고 절망을 뿌려주며 날 키워냈어, 진정한 구원 당신이었음을 이제야 깨달았어, 당신이야말로 나의 악재 나의 구원 나의 히어로, 기꺼이 그 등에 올라타겠어 깃발을 내리꽂겠어, 당신을 원망하겠다? 당신을 찌르겠다? 아니 이제 당신을 노래하겠어, 당신을 사랑하겠어, 통증으로 말미암아 나를 여기까지 오게 했어, 진정한 빛의 의미 알려줬어.

이 우주 한 줄의 詩라면요

이 우주 한 줄의 시라면요
나는 그 시의 어디쯤 될까요

시를 이루는 음표
뜨거운 악센트
천둥쯤 될까요 복사꽃쯤 될까요

도, 와 레, 와 원숭이의 경계
박수를 치고 있을까요

귀를 자르고 있을까요
인디언의 바람 춤을 추고 있을까요
사바나의 대지 우주를 가르고 있을까요

불같은 사랑을 하고 있을까요

삶 차라리 한 줄의 시, 라면요

나의 한 줄은 어떤 색일까요
〉

무엇을 태어나게 할 수 있을까요

이 세계 한 줄의 시라면요

당신

단 하나의 詩라면요

輝輝

엄마 내가 미쳤다고 하지 마, 미친 건 내가 아니라 저 달이야, 사람을 미치게 하는 저 달이야, 눈부시고 광활하여 지구에 빛을 뿌리는 저 달이야, 엄마 사람이 미쳤다고 하지 마, 미친 건 사람이 아니라 저 달이야, 어둠에 빛 흐르게 해 기이한 감정 흐르게 하는 저 달이야, 사람의 삶 무엇이냐 묻게 하는 저 달이야, 우리 안 흐르는 빛 일깨우는, 속삭임 휘휘輝輝 부는 저 달이야

삼라만상의 여자

삼라만상森羅萬象에 색을 입히는 여자가 있다고 했다 사시였다 달月이 없었다 항문인지 입술인지 몸뚱이가 새파랬다 인간의 언어와 접촉하는 날은 끼루룩 끼루룩 웃었다 토했다 죽을 거야, 노래했다 살아있는 것인지 죽어있는 것인지 흐느끼는 살덩이들 라 라 라 기뻐 기뻐 홍얼거리는 행성들 그런데 이것은… 팔? 이것은… 다리? 들여다보면 신기하여 자신의 몸을 탐하였다, 사내의 질척임마저 그녀의 순백을 관통하는 순간 흐느꼈다 마리아, 나를 구원해주오 내 다리와 팔을 잘라 천수관음의 팔로 사용하소서 아이가 되고는 했다, 다리와 팔마저 잘려나간 순간 그녀는 땅의 이음새를 느꼈다 벌레처럼 기는 그 몸짓 갓 태어난 듯 휘파람 흐르는 것 같았다, 다리가 없었다 손톱도 없었다 다만 남루하고도 불멸한 영혼 하나가 비단을 둘러쓰고 하늘하늘 森羅萬象을 뛰놀고 있었다 발, 길마다 불멸의 색채가 번지고 있었다.

愛

愛라는 글자에 귀의하고 싶습니다
어찌해야 합니까
다리를 찢어야 합니까
업보만큼 미쳐야 합니까

까닭 없는 우주의 화음처럼
愛라는 글자
기이하고 신비로워

태어났을 때부터 그 글자
숨기고 살았습니다

불쑥불쑥
인장처럼 튀어나오는 그 문자

몇 번이나 죽이려 했다고
토하려 했다고

그럼에도 끝끝내 그 섬 하나

짓밟지 못했다고

어쩐지 愛라는 글자
사람[人]이라는 글자와 닮아 있어서

버릴 수 없었다고

푸른 월계수를 물고 와요

역으로 데리러 와요
나는 푸른 월계수를 쓰고 있어요
목이 길어 슬픈 짐승의 자태로
호로록 잎을 뜯고 있어요

수만 가지의 표정 속
단 하나의 슬픔을
단 하나의 기쁨을
지옥처럼 천국처럼 안고 있어요

걱정은 마요

계란 톡 띄운 모닝커피 음미하며
지구를 감상하고 있을 터이니
백 년 흐르고 천 년이 흘러도
살아가는 역전의 사람들 사랑하고 있을 터이니

그 한 잔 뜨거울 터이니

척추동물

나 척추동물이야, 예수에겐 말하지마, 또 내 갈비를 뽑아 제3의 아담 따위를 만들어낼지도 모르거든, 운명의 수레바퀴니 방주니 또 다른 신화 만들겠다 큐브를 돌릴지도 모르거든, 저 심심하다 거대한 뿌리 옮겨놓고 어린 왕자와 개구리 뿌려놓을지도 모르거든, 릴케와 생텍쥐페리 사자와 바흐 들쑥날쑥 이상하고 아리따운 존재들 잉태시켜놓고 지루하진 않구나 껄껄 박수 치고 있을지도 모르거든, 눈부신 미궁 지구에 숨겨놓고 스핑크스의 수수께끼 자아, 이 세계에서 나를 찾아보거라 구원을 찾아보거라! 우리를 두고 갈지도 모르거든, 신 천진난만하여 다 까먹을 수도 있을 것 같거든.

안쪽 불꽃

안쪽 불꽃을 본 적이 있니

라일락 속 활활 빛나고 있는
토성의 고리를 본 적 있니

그 토성의 고리에서
발가락을 자르고 붓다의 살결을 잘라
한 줌의 포도주와 빵을 나누는
속살의 빛남을 본 적 있니

온화하고 강인하며
활활 타는 그 자락을

살포시 들춰보면
토성의 고리 자전시키고 있는
울음을 본 적 있니

네가 라일락이라면
네가 들풀이라면

네가 아아 정녕 슬픔이라면

그럼에도
빛나고 있는 그것을 본 적 있니

너의 불꽃을 본 적 있니

소풍

　발길 가는 대로 걷는 걸음이란 어쩐지 멋지지 않니, 흘러나오는 휘파람들 왠지 흥겹지 않니, 마구잡이로 흐트러지는 우주의 별들 꽁꽁 얼었다 일제히 피는 봄들 어딘가 신비롭지 않니, 무엇을 하고 싶니 진정 원하는 게 무엇이니 묻고 답할 수 있는 삶 흥미롭지 않니, 침묵은 낮은 도요 기쁨은 높은 라의 자리 이어보면 웅장한 하모니 우주에선 단 하나인! 그것만으로 랄, 랄, 라 너 반짝이지 않니?

경배

쓸 수 있어서
쓰지 않을 수 있어서

토할 수 있어서
감출 수 있어서

노래할 수 있어서
정갈할 수 있어서

세계, 선택할 수 있어서
선택하지 않을 수 있어서

감사해 다 감사해

종이의 근원 저 나무라고 한다면
새의 날갯짓 튀어나와도

새하얀 종이의 근원이 저 나무라고 한다면
그 지면에서 새 한 마리 나무 하나
홀쩍 튀, 나온다 해도 이상할 것 없는 것이다

그 밑바닥 새 한 마리 움을 트고 부리를 뒤, 흔들며
알을 깨고 나와도 이상할 것 없는 것이다
날아올라도 이상할 것 없는 것이다

부리에서 핏줄 동맥에서 시신경 근육에서 다리
영혼을 박차고
차락, 머리채를 들이밀어도 이상할 것 없는 것이다

지지배배

날, 깨운 게 너니

웅장한 세계 눈을 떠도
〉

푸르른 세계 춤을 추어도 이상할 것 없는 것이다

3부

결혼

나는 커서 옆집 멍멍이랑 결혼할 거예요

인간은 너무 크고 슬픈 짐승이라

긴긴 밤 꼬옥 껴안고 쿨쿨 잠자기엔 너무 무서워요 너무 뜨거워요

365일 우르르 쾅쾅 닭싸움 정치싸움 탁상공론 맹자 왈 공자 왈!

만물의 영장이라 눈에 뵈는 것 없는지 쥐약도 꿀꺽꿀꺽 농약도 꿀꺽꿀꺽

성충成蟲 되기 위한 숙성기간 단연 으뜸인지라

스무 살 되어도 어미 피 쪽쪽 팔십 살 되어도 예수 피 쪽쪽

백 살 돼서야 이제 훈수 한 점 둘까 하면 꼴까닥

꽃 한 점 피려 하면 꼴까닥

개밥그릇에 밥 비벼 먹어본 적도 없는 꼴뚜기 주제에

위풍당당 길거리에서 교미하는 개새끼 흉내도 못 내본 주제에

그 온기만은 또 얼마나 따스한지 눈물 철철 나게 하는지

엄마 나 커서 옆집 멍멍이랑 결혼할 거예요

활활 타는 신성神聖의 불 껴안아
인간으로 불꽃으로 무아無我로 거듭날 거예요

無我와 입 맞출 거예요!

약국

약국에 가 약 좀 달라고 했어요

어느 날은 가슴 쿵쿵 뛰다가
어느 날은 히히 호호 웃다가
어느 날은 목매달까 꽃 피울까 고민하다가
어느 날은 부처 돼야지 했다가
어느 날은 짐승 돼야지 고기 먹는다 했어요

어느 날은 엄마 품에 안겨 철철 울기도 한다 했어요

365일 고질병이라 했어요

그러자 약사님
바로 그것 생입니다
대답하셨어요
나 깜짝 놀라 두 눈 동그래져
싸대기 한 대 후려쳐버리고 말았어요

감사의 비명 지르며

약국 뛰쳐나와버리고 말았어요

눈물 철철 흘리고야 말았어요

생이구나, 이것 바로 생이구나 하며
얼싸안고 말았어요

미친 밤을 사랑합니다

미친 밤을 사랑합니다
지금 깨어 있는 자들
달을 바라보고 있는 자들
텔레파시 송신 중이오니
혹시나 촉, 오시는 분들
랄, 흐르는 분들
머리에 꽃을 달아주시길 바랍니다
아삭아삭 팔랑팔랑 당신의 갈채
흘려주시길 바랍니다

우리 모두 외로운 행성
망망대해의 우주
함께 갈 수 있기를
고요한 빛 전파를 쏘아주시길 바랍니다

밤

　개 한 마리가 웁니다 만월처럼 웁니다 만월은 할머니처
럼 웁니다 할머니는 장미처럼 웁니다 장미꽃은 별들처럼
웁니다 별들은 석가처럼 웁니다 석가는 어머니처럼 웁니
다 어머니는 당신처럼 웁니다 당신은 개처럼 웁니다 울어
야 하는 이유도 까닭도 모른 채 우우우우 웁니다 별빛과
할머니 장미처럼 웁니다 세계의 모든 것처럼 웁니다.

지구에서 나를 찾지 마

지구를 떠날 거니까 지구에서 나를 찾지 마, 저 월로 따라 빛의 항로 헤엄치다 올 거니까 땅 위에서 나를 찾지 마, 아프다 아프다 칭얼대는 달의 상흔들 연고를 발라주고 올 테니까 지구에서 나를 찾지 마, 그러니까, 응, 내 뼈에서 나를 찾지 마, 내 외피에서 나를 찾지 마, 내 목소리에서 나를 찾지 마, 침묵 밖에서 나를 찾지 마.

고양이의 조공을 먹어보고 싶다

고양이의 조공을 먹어보고 싶다
고양이가 선물이라며 잡아 오는 쥐와 새들
그 보시를 먹어보고 싶다

화들짝 놀라 이게 뭐야, 기겁하면
"기뻐하지 않는 거냥?"
갸우뚱 눈을 뜬다던
그 황금빛 자태를 보고 싶다

"너를 위해 잡아 왔다냥"
돌돌 동그란 몸 사람을 올려본다던
그 백치미를 씹어 먹고 싶다

그 작은 각다귀로
은혜를 갚겠다, 밥 한 끼 올리겠다
뛰어다녔다니 배고픔을 뒤로 미뤘다니!
아아 사랑스러운 그 요물

그 조공을 와락, 삼키고 싶다

내 취미는 이시유 관람하기

　내 취미는 이시유의 삶을 관람하는 것, 이시유는 이 생내가 택한 계집 내 우주의 대표자, 미치고 싶은 것 꽃 달아주고 싶은 것 당연한 일, 삶 지랄인 것 두말할 필요 없지만 한 꺼풀 벗겨보면 그럼에도 즐겁게 노래하는 내가 있음, 마지막까지 지켜보고 박수칠 것, 넌 내 우주의 활, 내 우주의 빛, 내가 고른 존재, 틀릴 이유가 없지, 당당히 걷고 기뻐해 그것 오직 너의 의무야.

미친년한테만 보여요

제 인사는 미친년한테만 보여요
붉은 놈 붉은 년
꽃 단 놈 꽃 단 년한테만 보여요
태어나는 놈한테만 보여요
살아가볼까 어두운 밤 신의 뺨 후려갈기고
저의 모습대로 길 밝히는 놈한테만 보여요

포기 안 한 놈한테만 보여요

살아 있는 놈한테만 보여요

말에게도 심장이 있다는 것

말… 을 배우고 있는 중이니 함부로 봄이라 말하지 마
꽃이라 말하지마

너에겐 다만 스쳐 갈 몸짓 툭, 건드려
파르르 떨어보고 싶으니 숨 건드리지 마

도마 위 놓여진 아가미 어디서 왔는가
심연, 바라보고 싶으니 슬프다는 철학적 뉘앙스는 풍기
지 마

입술을 오므리고 빛이 태어나는 순간
심장을 열어 젖혀 나 여기 있소, 여기에 있소
울음을 터트릴 것 같으니 빤히 창공을 바라보지 마

파랑을 칠해놓고
빨강, 빨개… 말하는 너의 취미 좋아하니
온 세계가 파랑이라 해도
너의 색을 잃지 마
〉

말[語]을 움직이는 것은 말[馬]이 아니라
심장이라는 것 잊지 마

벼… 벼… 별
태어나 처음 발음하던 별의 감촉

입 속에 영글던 빛들
그 순간 별은 얼마나 기뻤을까
얼마나 큰 울림이었을까

말에게도 기쁨이 있다는 것

그 심장이 너를 사랑하고 있다는 것

잊지 마

몸

　잘 봐 언젠가는 나 죽음이 될 몸이야, 부드럽게 움직이는 스무 개의 발가락들 활처럼 곡선을 그리며 춤을 추는 골격들 세포들 곱다 곱다 니가 침 흘리던 유방들 그 속에 흐르는 거대한 바다들 연꽃들 줄기들 DNA들 식욕들 감퇴들 경외들 기쁨들 타락들 연못들 키스들 행성들 핏물들 요람들, 다 고깃덩어리 될 몸이야, 아무리 두들겨도 사랑한다 입 맞춰도, 미동 한 점 없을 몸이야, 그래 잘 봐, 죽음을 품어 아리따운 몸이야, 먼지 한 점조차 남지 않을, 터럭 한 점조차 재가 될 몸이야, 나를 구성하던 물과 뼈 원소와 질소 유황과 아연 눈물들, 아랏, 다 어디 갔지? 찾아도 찾을 수 없을 몸이야, 그래 잘 봐, 찬란한 내 몸이야, 살아 있어, 살아 있어, 꽃들이 만발하는 몸이야, 언젠간 고깃덩어리가 될 몸이야, 죽음 너머로 돌아갈, 몸이야!

신의 이마 푸르고 정갈하여

잠이 오지 않아 휘파람 분다 파랑새 입 속에 넣고 휠릴리, 새벽은 신의 이마 같아 고요하고 정갈한 바탕, 봄의 이슬을 뿌리고 싶어진다 눈을 감아도 풍성한 빛들 잠들지 못하나니, 하늘에 풍선을 날린다 아아 푸른빛, 내일도 하늘은 푸르겠지 살아가야 하겠지 휘파람을 분다, 새벽이려나? 신의 이마 푸르고 정갈하여 몸을 씻고 싶은 아침들

사람의 일, 범의 일

그해 겨울
범을 쫓아 산으로 들어갔다

내 아비를 죽인 범이었다
희고 푸른 범

범을 쫓겠다고 다짐한 순간
내 목숨은

사람의 소소한 일들
사람의 당연한 일들

이를테면
밥을 먹는 일
누군가를 좋아하는 일
봄을 기다리며 호 호
손을 녹이는 일

사람의 일을 잃은 그 순간

내 이름은
사람의 것이 아닌 것이 되었다

아무것도,
아무것도 아닌 일들이야
작게 속삭였다

그해 겨울
범을 쫓아 산으로 들어갔다

소소하며 따스했던 사람의 일들
봄을 기다리던 어제의 일들

안녕
안녕

눈물을 흘리며

붉은 사내

꽃같이 창백한 창호지 사이로
햇볕이 타오르고
그대에게 속삭이고 싶다
"미친 새끼"

하얀 국화잎 사이로
햇살이 흐르고
나른한 눈동자로 속삭이고 싶다
"미친 새끼"

내가 본 사내 중 그대는 단연코
붉은 햇살, 아

미친 새끼

4부

튀어 오르는 불꽃 하나

삶, 이라 둔탁하게 발음하면
텅, 하고 튀어 오르는 불꽃 하나
휘슬 가로저으며 불의 새 영글게 하는
휘파람 하나, 선단 하나, 불사 하나
절망과 기쁨과는 무관한 절대의 영역인
그 과실 하나, 깨달음 하나

지금이라도 태어나기만을 기다리고 있는
텅, 하니 깃발을 날릴
그 여자 하나, 사내 하나
뜨거운 그, 세계 하나

작은 여우 한 마리 금빛으로 널 기다리고 있어

작은 여우, 한 마리가 금빛으로 쪽빛으로 널 기다리고 있어 사막의 눈부신 별 아래 널 기다리고 있어

태초부터 이날까지 시작부터 완성까지 오직 너이노라 너여야만 하노라 너의 손길을 기다리고 있어

웅장한 수레바퀴 속 시간의 톱니들 수백의 인연들, 그러나 너 아니라면 차라리 공허와 입을 맞추겠노라 망각을 품고 우주를 떠돌겠노라, 너 아니면 안 되는 이유 스스로도 알지 못해 살며시 고개를 기울이고 있어

그럼에도 너이기에 행복하다 살며시 꼬리를 살랑이고 있어

작은 여우 한 마리 그곳에서 너를 기다리고 있어

사막의 눈부신 별 아래 하얗고 빨간 털들 어리고 늙은 몸들 태어남과 죽음 반복하며 너를 기다리고 있어

여전히 너를 사랑하고 있어

통로

글이란 건 이상해
죽어 있는 듯 감각 없는 듯
아무 말도 없는 주제에
감정을 실으면 반짝이기 시작하지

독이라 쓰면 독해지고
설탕이라 쓰면 달콤해지지
바위라 쓰면 무거워지고
하늘이라 쓰면 맑아지지
감정을 생생히 토해내지

무생물의 표상을 띄고 있지만
박제된 개구리의 모습을 하고 있지만
감정을 실으면 팔딱이기 시작하지

거대한 마법진
해태와 기린과 나비를 탄생시키기 시작하지
마물과 구원과 무지개를 그려내기 시작하지

글이란 건 이상해
쓰는 자와 읽는 자의 영혼을 이어주기 시작하지
지지직 불[輝] 지펴주기 시작하지

꽃으로 서로를 태어나게 하지

흙을 좀 줄래요

담배 한 대 줄래요? 아니 그것보다 희고 독한 릴리를 좀 줄래요? 아니 차라리 손가락 다 뽑혀나갈 듯한 비명을 줄래요? 도를 치면 레가, 미가, 파가, 귀가, 愛가, 憎이, 연속 다발적 문어처럼 여덟 개의 다리 세계를 미끈 치고 휘리릭 혀를 토하는 독사 상응하는 절정을 좀 줄래요? 시시한 건 딱 질색 애절함은 변사체 달과 지구의 천동설 연애설 따윈 후려치고 창부와 창녀의 로맨스 귀를 잘라주었다는 미치광이의 이야기를 들려줄래요? 뿌리를 내리고 잎을 자라게 할 구실을 좀 줄래요? 담배니 어머니니 지구의 단어들 말고 전 우주적 교감을 느끼게 해줄래요? 아아 나를 좀 기쁘게 해줄래요? 당신을, 좀 줄래요?

월하독작月下獨酌

　　고마워요 하나님, 오늘 달이 예쁘니 달을 안주 삼아 당신과 한잔하겠어요, 지켜봐주세요, 실망은 안겨드리지 않겠어요, 나의 달란트 나의 구원 힘껏 사용하겠어요, 하나님은 그저 댓츠 오케이 나를 응원해주시면 돼요, 준비 탕! 휘슬이나 불면서 기뻐해주시면 돼요, 고마워요 하나님, 오늘도 나 힘껏 노래하겠어요, 발칙하게 살아가겠어요.

당신 오지 않으면 나 꽃 될 거야

당신 오지 않으면 나 죽을 거야

재갈을 입에 물고 죽을 거야
접시에 코를 박고 죽을 거야

꽃만 먹다 죽을 거야
별만 세다 죽을 거야

삶 뛰놀다
뛰놀다 죽을 거야

그 끝에, 당신을 보러 갈 거야

고요히 가부좌를 틀고 계실 당신
방긋 웃어주실 당신

한가득 춤을 추다 갈 거야

내게 주어진 바닥과 천상

화염과 복사
껴안다
껴안다 갈 거야

사랑하다 갈 거야

태생

아마 나는 개의 환생인가봐
눈 내리면 좋아 죽을 것 같아
여자란 이름 수십 개의 나이테 다 녹고
남는 건 하이얀 눈뿐 두근거리는 마음뿐
흔들 꼬리는 없지만
아아 나는 개의 환생인가봐
개처럼 까만 눈의 태생인가봐
눈을 먹고도 환하다 기쁘다 좋아 죽는
조금은 모자른 태생인가봐

붉은 심장의 태생인가봐

금빛으로 물들다

귤을 하도 까먹었더니 손이 금빛으로 물들었다 씻어 내려면 꽃에 손을 담가야 하는 건지 함박눈으로 녹여야 만 하는 건지 잘 모르겠다, 초를 켜고 자면 죽을 수 있을 까 하고 초를 켜고 자니 다만 오히려 눈이 부시다 눈이 부 신 밤, 생을 잊고자 허투루 꽃을 따먹었으니 돌아가는 법 몰라 서성인다, 어디까지 온 걸까, 잘하고 있다고 말할 수 있는 걸까, 금빛의 손으로 누구의 깃을 잡을 수 있다는 걸 까, 다만 손을 벌리고 하얀 눈이 나를 씻어 내려주길 기다 리고 있다, 다만 침묵으로 나를 기다리고 있다

강가의 빛들아 하늘의 숲들아

또랑또랑
강가의 사람아, 하늘의 별들아
함께 어울려보자

너는 너대로 나는 나대로 사자는 사자의 입술대로
꽃들은 꽃들의 뿌리대로 우리는 우리의 애틋함대로
또랑또랑, 함께 가보자

동산의 이브야 낙원의 뱀들아 아리랑 함께 고개를 넘어
가보자

(별들에게 다리가 없다 하여 그 무엇이 서툴다 하랴
꽃들에게 입이 없다 하여 무엇이 틀렸다 하랴
손이 없어도 귀가 없어도 서로를 품는 데 부족함 없거늘
아리랑, 함께 갈 마음 튼튼하거늘)

또랑또랑 강가의 빛들아 하늘의 숲들아
너는 너대로 나는 나대로 우리 함께 어울려보자
아리랑, 넘어가보자
〉

저 우주 함께, 가보자

보시

모든 것으로 입술을 적신다
옷깃으로도 진흙으로도 저 이슬로도
생의 모든 것 보시이고 감언이다
불필요한 먼지 하나 없고
무의미한 가락 하나 없다

나도 무언가가 되어 무언가의 입술을 적시고 싶다

생의 모든 것 보시이고 감언이다
불필요한 울음이란 없다
불필요한 슬픔이란 없다

불필요한 그대라니, 그런 것은 세상에 없다

禁制의 풍광

  눈을 감으면 아직도 지울 수 없는 풍경이 펄럭 깃발을
나부끼며 흐른다
  당신을 사랑한다, 아직도 착각같이 중얼거린다
  달에게 뒤편이 있다면 사람에게도 뒤편이 있다면

  아무렇지 않아요, 더 이상 상관없는 사람인 걸요
  다정히 속삭여본다, 깃발이 펄럭인다 禁制라 쓰여 있다
  이생의 눈부셨던 연은 막을 내렸다 마지막은 짐승 같았
다 슬픈 고뿔 같았다
  기약한다면 아마 그건 다음 생의 이야기
  슬픔은 없다 다만 함께 한 나날들 눈부셔 눈을 감으면
지워지지 않는 풍경들
  펄럭 나부끼며 흐르는 아, 금제 같은 당신과 나의 풍경들

여백

    당신이 보고 싶다 말하지 않겠네, 그저 나는 별빛을 쐬고 있겠네, 창문 속 하늘을 바라보고 있겠네, 개구리에겐 봄을 띄워주고 호박들에겐 여문 햇살을 내주겠네, 당신이 보고 싶다 말하지 않겠네, 언젠간 반드시 닿을 것 믿으며 나의 길 걸어가겠네, 나의 빛을 쏘아 올리겠네.

輝

보라,
당신의 생 중
당신을 적실 수 있는 가장 근사한 것은
당신의 눈물이었다

당신의 고운 향수
호랑이의 너른 핏물
창공의 빗물
아니,

당신의 생 중
당신을 가장 빛나게 적실 수 있는 것은
오직⋯ 눈물이었다

한 방울,
당신의 눈물이었다

해설

모든 것은 움직이고 끝없이 이어진다

박성현(시인/문학평론가)

순백이 열리다

이시유 시인의 문장은 정확히 자신의 내면으로 향하고 있다. 내면에 자리 잡고 깃들었던 형상들이 뜨겁게 영글어가는 그 시간들을 섬세하고도 명확하게 이끌어내고 있다는 말이다. 물론 내면에서 시작하고 내면으로 향하지 않은 문장들이 어디 있을까 싶겠지만, 이시유 시인의 경우에는 그 통점들이 유난히 날카롭고, 문장 하나하나가 통과의례로 강조되고 있다는 점에서 다르다. 그는 자신에게 허락된 감각의 폭을 훌쩍 뛰어넘으며, 문장으로 운용할 수 있는 대상의 최대치를 만들어내기에 이른다.

그렇게 시인은 자신의 내면으로 가까이 다가갈수록 평소 미처 깨닫지 못한, 지금까지와는 다른 세계가 자신과 함께하고 있음을 느끼는 것이다. 특히 타자에 대한 시인

의 발견은 놀랍기만 한데, 그는 "모든 것으로 입술을 적신
다 / 옷깃으로도 진흙으로도 저 이슬로도 / 생의 모든 것
보시이고 감언이다 / 불필요한 먼지 하나 없고 / 무의미
한 가락 하나 없다 // 나도 무언가가 되어 무언가의 입술
을 적시고 싶다 // 생의 모든 것 보시이고 감언이다 / 불
필요한 울음이란 없다 / 불필요한 슬픔이란 없다 // 불필
요한 그대라니, 그런 것은 세상에 없다"(「보시」)라고 노래
함으로써, 살아 있음의 실존에 뒤엉킨 유의미함을 자신과
타자에게 쏟아냈다.

　이른 바 '타자에 대한 긍정'이라 할 수 있는, 이 명민한
사유는 세계를 구성하는 모든 것들의 조화에서 비롯된다.
한 줌의 낙엽조차 그것이 이 세계에 존재하는 이유가 있
는 법이다. 조화가 없다는 것은 균형이 깨졌다는 것이고,
불균형의 세계에서는 얼마든지 차별과 폭력이 발생할 수
있다. 이시유 시인은 이 점을 명확히 하면서 자신과 세계
의 균형을 계속 가늠한다. 가늠하면서 다시 태어난다. 이
것이 그가 "걱정 마 나 지금 태어나는 중이다, 사이다의
기포 끓어오르듯 무지개의 색깔 터져 오르듯 발아하는 중
이다, 어둠과 벌레 나의 주식이요 초록과 애정 또한 빛나
는 양식이니, 가리지 않고 먹는 중이다, 침묵 속에서 춤사
위 끌어내고 빛을 발견하는 중이다, 두 손을 마주 잡고 올
렸던 기도들 바글바글, 태양처럼 발아하는 중이다, 걱정
마 나 지금 태어나는 중이다 빛, 차오르는 중이다"(「침묵

속에서 춤사위 끌어내고」)라고 노래할 수 있는 이유다. 어둠과 벌레와 초록과 애정을 가리지 않고 먹을 때 극지로 향한 배는 자신의 항해를 온전히 유지할 수 있다.

그러므로 시인이 추구한 '극진함'이란 시인의 표명한 내면에 새겨진 삶의 명징한 더미들을 대칭한다. 시인은 자신이 경험하고 꿈꿔왔던 항해의 열락(悅樂)을 이렇게 표현한다. "순백의 기쁨 앞엔 순백의 라일락 // 웃음 짓고 싶어 물을 마시고 싶어 // 고독은 희고 고와, 빛나는 갈고리 하나 입에 물고 싶어 // 사뿐사뿐 별빛을 걸으며 모든 극진함에 발랄함에 // 꽃 하나 땅 하나 대접하고 싶어 // 고요한 그릇 속 목숨 하나 꽃잎처럼 담아 내드리고 싶어"(「사뿐거리는 것은 꽃잎이 아니라 극진함이오니」)라고. 조화와 균형이 극에 달한 상태의 욕망과 초극이란 '순백의 기쁨'과 '순백의 라일락'으로 변용되고 미끄러지며, 이로써 욕망과 극진, 균형과 조화는 시인의 입장에서 도도하게 합쳐진다. 시인은 오로지 자신의 내면으로 향하고, 그곳에서 자신만의 언어를 축성하며 무한한 자유로움을 만끽하는 바, "쓸 수 있어서 / 쓰지 않을 수 있어서 // 토할 수 있어서 / 감출 수 있어서 // 노래할 수 있어서 / 정갈할 수 있어서 // 세계, 선택할 수 있어서 / 선택하지 않을 수 있어서 // 감사해 다 감사해"(「경배」)라는 문장으로써 시인의 내면은 활짝 열리는 것이다.

걷는 소년

이시유 시인의 문장에 본격적으로 다가서기 전에 중요한 사실 하나를 상기하자. '시는 내면의 발견이다'라는 문장이 그것이다. 시를 쓰는 이유이고, 시를 씀으로 하여 우리는 무엇을 할 수 있는지에 대한 절실한 대답인 그 문장은 시를 한 마디로 정의할 때도 유용하게 인용된다. 왜냐하면, '내면'이야말로 시와 세계가 교합하는 접점이자 시의 문장이 향하는 곳이고, 문장에 새겨진 사물의 온갖 흔적들이 새로 배치되면서 의미를 파생하는 경계이기 때문이다. 여기서 의미의 파생이란 언어의 확장을 통한 변신의 가능성을 타진하는 것과 같다. 내면에서 우리는 세계가 균열되고 갈라지며 찢어졌다가 다시 축성되는 놀라운 순간을 경험하는 것과 동일한 것인 바, 시는 이 총체적인 과정을 발견함으로써 비로소 '예술'의 영역으로 진입한다.

특이하게도 시인은 이를 "등에서 자작나무 숲이 자라나"라는 문장으로 축약한다.

등에서 자작나무 숲이 자라나

늘 숲을 찾았지만
달팽이의 촉수를 두 눈에 심고

착하게
착하게
지구를 바라보고 싶다고

유일한 소망 그것이라고
하얀 천을
하얀 천을
하늘에 뿌렸지만

등에서 자작나무 숲이 자라나

달팽이의 촉수를 심장에 심고
느릿 느릿
바람을, 그늘을, 당신을
사랑하고 싶었지만

자작나무 숲이 자라나

등에서 푸르른 숨이 태어나
―「자작나무 숲 자라나」 전문

내면에서 새로운 언어를 발견한 시인은, 그 간질거리는

'새로움'이 마치 '등'에서 자작나무 숲이 자라는 것과 같다고 말한다. 이끼와 풀이 자라고 나무와 이파리가 넓어지며 등은 차츰 숲으로 변신하는 것이다. '등'이라는 동물적 육체가 '숲'이라는 식물적 유기체와 감각적으로 교집(交集)하여 새로운 무언가를 만들어내는 것이다. 게다가 시인은 "달팽이의 촉수를 두 눈에 심고 / 착하게 / 착하게 / 지구를 바라보고 싶다"고 고백하지 않는가. 그리고 마지막 부분에서 "자작나무 숲이 자라나 // 등에서 푸르른 숨이 태어"난다고 쓰는데, 바로 여기서 이 시는 톡특한 발화(發話)-형식으로서의 '애니미즘'을 통해 또 한 번의 변신을 시도한다. 내면에서 자신의 한없는 확장에 대해 이렇게 극명하게 노래한 시가 또 있을까.

이시유 시인은 이를 한 톨의 먼지에서 시작하고 온 세계로 파급되는 '전 우주적 교감'의 언어로써 이해하는 것인데, 그는 자신의 내면에 자리 잡은 애니미즘의 통렬한 확장성에 대해서 다음과 같이 표상한다. "담배 한 대 줄래요? 아니 그것보다 희고 독한 릴리를 좀 줄래요? 아니 차라리 손가락 다 뽑혀나갈 듯한 비명을 줄래요? 도를 치면 레가, 미가, 파가, 귀가, 愛가, 憎이, 연속 다발적 문어처럼 여덟 개의 다리 세계를 미끈 치고 휘리릭 혀를 토하는 독사 상응하는 절정을 좀 줄래요?"(「흙을 좀 줄래요」)라고. 담배, 릴리, 비명, 도와 레와 미, 귀, 애(愛), 증(憎), 독사, 절정으로 이어지는, 대상이 특정되지 않은 이 무질서의 연

속은 도처에서 영혼을 감지해내는 애니미즘이 아니면 가능하기 쉽지 않다.

그리고 이 모든 연속을 매개하는 자로서의 '당신'이란 존재를 잊지 말아야 한다.

괜찮네, 당신과 함께라면 어느 생의 이름도 온화롭네

우주가 있다면 우주의 이름으로
코스모스 있다면 코스모스의 이름으로

당신과 내가 여기 있다 하네

피고 있다 하네
　—「코스모스」부분

"당신과 함께라면 어느 생의 이름도 온화롭"다는 시인의 고백은, 온 우주와 그리고 개별 사물들과의 같이 있음에서 비롯된다. 시인의 '당신'이란 인간으로서의 존재자만 지칭하는 것이 아니라, 무수한 타자들, 시인이 교감할 수 있는 온갖 사물들에게도 해당된다. 애니미즘이 가능한 것은, 우리들은 개별과 단독으로 존재하는 것이 아니라 서로 기대면서 보듬어 안고 스며드는, 그러한 함께 있음으로의 존재자들이기 때문이다. 우주가 있다면 우주의 이름으로, 또한 코스모스가 있다면 코스모스의 이름으로 우리는 과감하도록 멀리 가는 것. 분명, 우주와 코스모스가, 혹은 당신과 내가 온화한 이유는 함께 있다는 이유 단한 가지다. 당신과 나는 함께 있음으로 하여 피어나고 있다.

코스모스가 피는 것은 온 우주의 인과가 상세하게 작용한 결과다. 반대로, 우주가 자신의 길을 스스로 운행하는 것은 코스모스가 스스로의 의지로 피어날 수 있기 때문이다. 그러한 살아 있음의 '실존'은 명백히 존재가 '존재-함'의 순수한 여백과 다름없다. 사정이 이러하므로, 시인은 "또랑또랑 / 강가의 사람아, 하늘의 별들아 / 함께 어울려보자 // 너는 너대로 나는 나대로 사자는 사자의 입술대로 / 꽃들은 꽃들의 뿌리대로 우리는 우리의 애틋함대로 / 또랑또랑, 함께 가보자 // (중략) // 또랑또랑 강가의 빛들아 하늘의 숲들아 / 너는 너대로 나는 나대로 우리 함께 어울려보자 / 아리랑, 넘어가보자 // 저 우주 함께, 가보자"(「강가의 빛들아 하늘의 숲들아」)라며 온 우주에 자신의 신념과 의지를 발화(發話)할 수 있는 것이다.

시인은 자꾸만 자신의 내면으로 기울어진다. 내면으로 향하고, 그곳에서 수많은 열락(悅樂)을 발견한다. 그는 끊임없이 시-문장을 생성하며, 내면의 더 깊숙한 곳으로 들어간다. 그리고 바로 거기서 자신만의 '헤테로토피아'(heterotopia)를 완성하고 다시 부숴버린 한 소년을 만나게 된다. 시인의 내면에는 그 심급으로서의 '소년'이 숨을 쉬고 있다는 말이다.

   당신 안에도 작은 소년이 있냐고 묻고 싶었다, 순수하고 투명하여 후, 불면 차라리 토옥 토옥 나팔꽃 피어날 것 같은 소년이 있냐고 묻고 싶었다, 삶의 구도를 깨치기 전 또르륵 또르륵 맑은 눈동자로 세계를 바라보며 바람 속을 거닐던 소년이 있냐고 묻고 싶었다, 노리개나 슬픔, 절망이나 독사, 하이힐과 극약 그런 것 아니라 다만 토옥 토옥 나팔꽃을 머금고 있는 소년이 있냐고 묻고 싶었다, 세계를 사랑하는 소년이 있냐고… 묻고 싶었다
   ―「소년」 전문

   소년이 있다. 그 작은 '소년'은 내 안에도, 당신 안에도 있다. 순수하고 투명하여 '후' 하고 불면 차라리 나팔꽃처럼 피어날 것 같다. 소년은 삶의 구도를 깨치기 전의, 그 맑은 눈동자로 세계를 바라보며 바람 속을 거닐곤 했는데, 이것이 노리개나 슬픔, 절망이나 독사, 하이힐과 극약 같은 세속과는 전혀 별개로 (어쩌면 소년은 이 세속을 본

능적으로 거부한 것일지 모른다) 자기 자신으로 향하고, 자신을 살펴보며 오직 스스로에게 집중할 수 있는 이유일 것이다.

이와 동일하게 "다만 침묵으로 나를 기다리"는 소년도 있다. 시인은 이렇게 묘사한다. "생을 잊고자 허투루 꽃을 따먹었으니 돌아가는 법 몰라 서성인다, 어디까지 온 걸까, 잘하고 있다고 말할 수 있는 걸까, 금빛의 손으로 누구의 깃을 잡을 수 있다는 걸까, 다만 손을 벌리고 하얀 눈이 나를 씻어 내려주길 기다리고 있다, 다만 침묵으로 나를 기다리고 있다"(「금빛으로 물들다」)라고.

그렇다. 시인의 내면에, 혹은 우리 모두의 심장에는 소년이 있고, 소년은 나팔꽃처럼 영글면서 자신의 세계를 온 우주에 포개고 있는 것이다. 세계를 사랑하는 소년은 그렇게 나팔꽃의 방향으로 피어나고 세계는 온 힘을 다해 소년으로 향한다.

분열, 사각(死角) 그리고 죽은 새에 관하여

시인이 자신의 내면으로 응결되는 힘은 온전히 시인의 이념과 의지에 있음은 분명하다. 그러나 그 길은 지극히 어렵다. 멀고도 험난하다. 문턱을 넘었는가 싶었는데 겨우 한 발 걸어간 것에 불과하다. 마음을 멈추고 따스한 햇볕에 온통 기울다가 멀리 간 새들에게 편지를 보내지만 겨우 하루가 지났다. 나를 세우고자 쓴 글에 나는 없고, 내가 없는 곳에서 갑자기 나의 문장들이 흐트러진다. 뿐만 아니다. 경험을 문장으로 엮고 재구성하는 것 자체가 이미 경험과 대립하는 일이며 욕망이 은밀하게 개입해 시인이 추구하는 조화와 균형의 극진함을 파열하는 일이다. "어떠한 黑으로도 / 물들일 수 없는 / 무극의 채도 // 심연 속에서도 빛을 캐내는 / 극악무도 // 타오르는 불꽃 / 보았습니다"(「극악무도 발랄 태생」)라고 선언을 해도 그것이 포즈에 불과하다면 언어의 심연에는 결코 다다를 수 없다. 이시유 시인의 자기-표현에는 무의식중에 이런 불안이 담겨 있다. 시인이 정확히 알고 있다고 해도, 그것을 또한 내면화하는 것은 다르다. 뜻밖에도 시인은 이를 "죽은 새를 먹었다"는 문장으로 압축해서 우리를 돌려세운다.

  죽은 새를 먹었다 일그러져 있었다 너의 날개는 어디 있니 네가 날았던 하늘은… 어디 있니 수저로 그의 백골 찌르며 일어나 일어나 그를 두드렸지만 그는… 움직이지 않았다, 비상하는 것만이 생 아니요 네게 먹혀 살이 되는 것도 비상하는 방식이나니… 끝끝내 그는 어떤 미동도 허락지 않았다 긴 긴 속눈썹 눈을 감은 채 노래를 부르고 있었다 들리지 않아도 들리는 그의 노래 나를 흔들고 있었다 죽은 그가 산 나를… 흔들고 있었다 접시 속 그… 날고 있었다.

    —「죽은 새를 먹다」 전문

    죽은 새를 본다. 두 날개가 모두 뽑혀져나간 그것은 일그러져 있으며, 두 번 다시 하늘을 날지 못한다. 소년은 수저를 들고 그것의 백골을 툭, 툭 건드린다. 일어나라는 간절한 신호다. 그것은 움직이지 않는다. 소년은 그것을 먹기로 한다. "죽은 새를 먹었다"라는 충격적인 문장은, 곧바로 소년의 붉은 혀와 식도를 타고 빠르게 내려간다. 소년은 죽은 새의 생(生)을 씹으면서 속삭인다. "비상하는 것만이 생"이 아니고, "네게 먹혀 살이 되는 것도 비상하는 방식이"라는 것. 그리고 그것은 끝끝내 어떤 미동도 허락하지 않은 채 소년을 홀렸다.

    소년은, 일그러진 한 주검을 본다. 늦가을의 아스팔트인데, 갑작스럽게 맺힌 서리 탓에 그 주검은 더욱 빠르게 식고 있었다. 날개가 뽑힌 것은, 하늘을 날아갈 의지가 없기 때문이 아니다. 주검으로 되돌아온 그 삶이 또 다른 실존이기 때문이다. 어쩌면 주검은 "긴 긴 속눈썹 눈을 감은 채 노래를 부르고 있"는 건지도 모르겠다. 들리지 않아도 들리는 노래는 날개를 뽑고도 하늘을 날아오르는 모든 주검들의 표상이 아닐까. 노래가 들리는 내내 소년은 흔들렸다. 죽은 새를 먹었다. 그것은 살아 있는 소년을 흔들고 다시 멀리 날아간다. 소년은 그 자리에서 자신의 심장을 꺼내 짐승과 백발을 푼 것이다("네 짐승을 풀어봐 / 네 백발을 풀어봐",「백발을 풀다」).

죽은 새를 먹는 소년은, 갈 때까지 가보기로 작정한다. "鬼 들릴 때까지 가보"기로, 요컨대 "우주의 자락보다 붉다 하는 / 그곳으로 가"(「갈 때까지 가보세요」)기로 한 것. 슬픔은 없고, 눈을 감으면 지워지지 않는 풍경들이 가득하다. "펄럭 나부끼며 흐르는 아, 금제 같은 당신과 나의 풍경들"(「禁制의 풍광」)이 우주를 뒤덮고 또 다른 우주로 계속해서 폭발하는, 거듭 말하지만, 그 모든 우주는 시인의 내면이다. 밤으로도 번역할 수 있는, 오직 '스스로를 향한 질문'만 존재하는 그곳에는 시인도, 그의 그림자도, 대낮도, 어둠도 없다.

… 이윽고 흥겹던 노래들도 잦아들고 빛나던 별들도 잠잠해지며 찬란하던 파도들도 잠들기 시작한다, 남는 건 오직 나는 누구인가 하는 스스로를 향한 질문뿐, 그곳엔 어미도 없고 아비도 없으며 절절하던 님조차 없다, 오직 자신을 향한 지독한 질문 하나가 새파랗게 눈을 치켜들고 으르렁거리고 있을 뿐, 보일 듯 말 듯 한 바람 하나가 스쳐간다 툭, 가느다란 상처 이마에 새겨지고, 푸르고 지독한 청량감 하나와 갈증 한 마리가 으르렁거리며 춤을 춘다 칼을 문다, 아무도 대답해줄 수 없다 오직… 그곳의 주인, 자신이다 그곳의

답… 자신이다.

— 「밤이 오면」 전문

이윽고, 흥겹던 노래들이 모두 잦아들었다. 빛나던 별
들도 잠잠해졌고, 찬란하던 파도들도 잠들기 시작하는 것
이다. '잠들다'라는 동사의 깊이는 죽음에서 겨우 멈출 것
이다. 소년은 눈에 보이는 것부터 하나둘씩 지우기 시작
한다. 맨 처음 노래를 지웠고, 별과 파도를 지웠다. 젖은
모래와 모래의 온도, 냄새, 색을 지웠다. 멀리 갈수록 사물
은 모호해 지우기는 어렵지 않았으나, 마음에 숨은 것들
은 여전히 살아 숨 쉬는 것이다. 마음을 지우면 어떨까, 그
세계에서 소년을 '소년'이라 부를 수 있을까. 죽은 새를
먹을 때처럼 소년에게는 시인도 그림자도 대낮도 어둠도
없으니, 소년의 내면에서 이 모든 이름들은 우주라는 세
계에서 겨우 원근일 뿐이다. 더 이상 지울 게 없다고 생각
했을 때, 소년은 잠시 데카르트를 이해했다고 믿는다.

그러므로 사각(死角)이란 볼 수 없는 곳이 아니라 닿
지 않는 곳이다. "나는 누구인가"라는, 선문답 같은 질문
하나가 까마득히 먼 우주에서 빛나는 것이다. 어미도 없
고 아비도 없는 곳, 절절하던 사랑조차 없는 곳에서 "오직
자신을 향한 지독한 질문 하나가 새파랗게 눈을 치켜들
고 으르렁거리고 있"다. 새파란 눈을, 소년은 언제부터 뜨

고 있던 것일까. 바람이 지나가고, 이마에는 가느다란 상처가 생긴다. 푸르고 지독한 청량감이다. 오히려 갈증이기도 하다. 소년은 춤을 추면서 칼을 문다. 아무도 대답해줄 수 없으니, 소년은 스스로 답이 된다. 그곳의 주인이고 자신이었다가, 답이 된다. 다시 자신이 되었다가 질문이 되고, 춤과 칼에서 어미와 아비가 된다. 찬란한 파도와 빛나는 별, 그리고 당신처럼 가까운 노래들이 된다. 사정이 이러하니 "나는 누구인가"라는 질문은 "나는 그 누구도 아니다"라는 문장에서 멈춰버려야 한다. 돌려세워야 한다.

이 우주가 한 줄의 시라면, 밤이 오자 소년은 생각하기 시작한다, "시를 이루는 음표 / 뜨거운 악센트 / 천둥"과 "복사꽃", "도, 와 레, 와 원숭이의 경계" 혹은 "귀"나 "인디언의 바람 춤"(「이 우주 한 줄의 詩라면요」)과 같은 것. 마치 "개 한 마리가 웁니다 만월처럼 웁니다 만월은 할머니처럼 웁니다 할머니는 장미처럼 웁니다 장미꽃은 별들처럼 웁니다 별들은 석가처럼 웁니다 석가는 어머니처럼 웁니다 어머니는 당신처럼 웁니다 당신은 개처럼 웁니다 울어야 하는 이유도 까닭도 모른 채 우우우우 웁니다 별빛과 할머니 장미처럼 웁니다 세계의 모든 것처럼 웁니다."(「밤」)라는 문장에서 개 한 마리 울음에도 만월과 할머니와 장미와 별들과 석가와 어머니와 당신이 이어져 찬란하게 빛나는 것처럼.

흐트러지는 우주의 별들, 그 웅장한 하모니

발길 가는 대로 걷는 걸음이란 어쩐지 멋지지 않니, 흘러나오는
휘파람들 왠지 흥겹지 않니, 마구잡이로 흐트러지는 우주의 별들
꽁꽁 얼었다 일제히 피는 봄들 어딘가 신비롭지 않니, 무엇을 하고
싶니 진정 원하는 게 무엇이니 묻고 답할 수 있는 삶 흥미롭지 않니,
침묵은 낮은 도요 기쁨은 높은 라의 자리 이어보면 웅장한 하모니
우주에선 단 하나인! 그것만으로 랄, 랄, 라 너 반짝이지 않니?

　—「소풍」전문

　소년은, 찬란하게 빛나면서 자신의 혼을 순백으로 물
들이는 불꽃을 마주한다. 그것이 밤하늘의 별빛이든, 얼
음 밑으로 스며든 달의 수줍은 그늘이든, 그 무엇이든 소
년에게는 자신을 태우던 불꽃이며 이름이다. 소년은 걷기
시작한다. 발길 가는 대로 걷는 걸음이란 어쩐지 멋지지
않는가. "파랑새 입 속에 넣고 휠릴리"(「신의 이마 푸르고
정갈하여」) 휘파람을 불던 기억이 떠오른다. 어느 걸음에
서부터는 휘파람이 흥겨워진다. 소년은 "마구잡이로 흐트
러지는 우주의 별들"이, "꽁꽁 얼었다 일제히 피는 봄"의
어느 언덕에서, 숲이나 강가에서 그 무질서를 접고 다시
생명으로 소환되는 풍경과 규칙을 보고 있다. 신비로움으
로 가득한, 그러나 결코 주어져 있는 것으로 환원될 수 없

는 전 우주적 교감이 바로 여기에 있는 것이다.

소년은 소풍을 간다. 휘파람을 불며, 가끔 입속에서 파랑새를 꺼내 날려 보낸다. 발길 가는 대로 걸으며, 들판 가득 피어오르는 '우주의 별'들에게 스스로를 던진다. 무엇을 하고 싶고, 원하는 게 무엇인지 묻는 입술에는 어느새 새파랗게 젖은 잎사귀가 맺혀 있다. 휘파람을 불며, 낮은 도에서 높은 라까지 그 '웅장한 하모니'를 쏟아내고 있다. 그것은 공교롭게도 우주에서 단 하나의 노래다. 그 이유 하나만으로, 소년의 소풍은 반짝인다.

종이에서 나무를 보는 그 힘으로, 나무와 새 한 마리가 훌쩍 튀어나와 바람결에 흔들리고 휘파람을 분다. 소년에게 이상할 것은 전혀 없다. 그 모든 것들은 소년의 사각(死角)에서 자랐고, 소년이 언어를 배우고 상징과 은유를 유용하게 쓸 수 있을 무렵에는 "그 밑바닥 새 한 마리 움을 트고 부리를 뒤, 흔들며 / 알을 깨고 나"(「종이의 근원저 나무라고 한다면 새의 날갯짓 튀어나와도」)오는 것까지 감각하게 된다. 소년은 바다가 멀지 않은 언덕에서 멈췄다. 햇살과 붉은 구름에 소금기가 뒤섞여 있다. 문득, 소년은 자신의 얼굴이 그리워 거울을 꺼냈다. 거울 속에는 백발의 사내가 소년을 바라보고 있었다. 당신이라는 이름의 '나'는, 백발의 소년이었을까. 그 우화를 믿어야 할까.

그러나 소년은 아무렇지 않은 듯 다시 걷기 시작한다. 소년은 멀리 보고, 아득한 저녁 빛을 따라 간다. "당신이

보고 싶다 말하지 않겠네, 그저 나는 별빛을 쐬고 있겠네, 창문 속 하늘을 바라보고 있겠네, 개구리에겐 봄을 띄워주고 호박들에겐 여문 햇살을 내주겠네, 당신이 보고 싶다 말하지 않겠네, 언젠간 반드시 닿을 것 믿으며 나의 길 걸어가겠네, 나의 빛을 쏘아 올리겠네"(「여백」)라는, 순백의 문장 속에서 열렸던 눈물 한 방울이 소년의 눈에서 여전히 빛나는 것이다.

*

이시유 시인의 문장은 기존의 시문법과는 다르다. 언어의 운용도, 상상력의 폭과 넓이도 기존의 정치한 문장과는 사뭇 다른 곳을 향하고 있다. 그러나 '다르다'는 것은 차이일 뿐 시집의 경중은 아니다. 게다가 우리는 그가 어떤 이유로 걷는 자로서의 '소년'을 불러냈으며, '초콜릿 이상의 형이상학은 없다'는 페소아의 경이로운 감각에 이르렀는지, 그 고독한 흑백의 여정에 대해서도 전혀 아는 바 없다. 더욱이 대상을 받아들이고 긍정하는 그러한 열락(悅樂)의 기원도.

하지만 우리는 지금 그의 문장을 읽고 있다. 그가 경험한 시간들에 천천히 다가설 때마다, 우리는 우리의 내면이 또 다른 원근과 지향 속에서 다시 열리는 신비로운 체험을 하고 있다. 중요한 것이 있다면, 오로지 그것뿐이다.

죽은 새를 먹다

1판 2쇄 발행	2021년 6월 15일
지은이	이시유
발행인	윤미소
발행처	(주)달아실출판사
책임편집	박제영
디자인	전형근
마케팅	배상휘
법률자문	김용진
주소	강원도 춘천시 춘천로 17번길 37, 1층
전화	033-241-7661
팩스	033-241-7662
이메일	dalasilmoongo@naver.com
출판등록	2016년 12월 30일 제494호

ⓒ 이시유, 2020
ISBN 979-11-88710-91-1 03810